Amertume de sentiments

Janie Faucher

Amertume de sentiments
ISBN : 978-2-9820812-0-8
Dépôt légal - Bibliothèque et Archives
nationales du Québec, 2022
Dépôt légal - Bibliothèque et Archives Canada, 2022

Janie Faucher
Instagram @jf.poesie

Livre illustré par Lawrence Savoie
Instagram @creations.savoie

Table des matières

Ivresse vertigineuse 9

Chute libre.................................59

Brouillard 101

Guérison 139

*Bois toutes ces lettres une à une
jusqu'à ce que tu sois ivre de mes maux,
jusqu'à ce que tu comprennes ce qui
hante mon âme légèrement abîmée.*

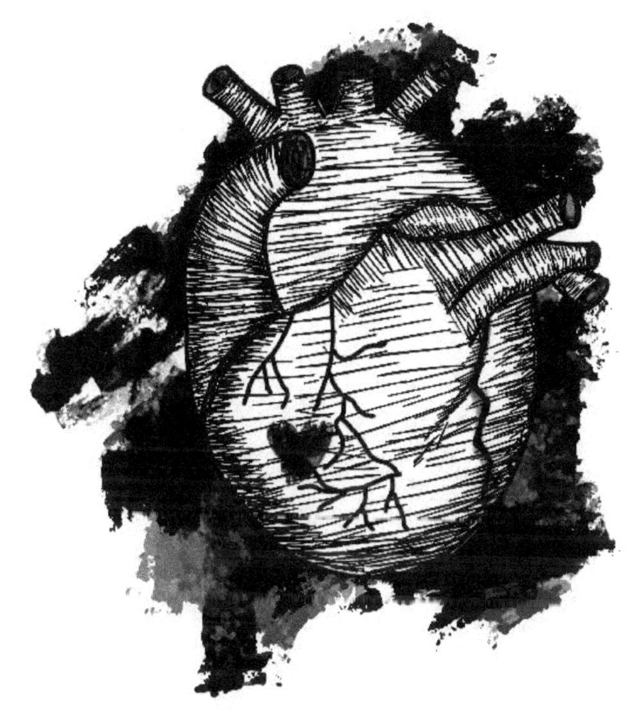

Ivresse vertigineuse

Janie Faucher

Et malgré tout mon chaos que je transforme en mots,
il y a encore tant de sentiments refoulés
que je ne réussis pas à exprimer.

Un petit retour à cet endroit
où je sens mes racines
chaque fois que j'y mets pied
et que mon cœur bat la chamade,
mes yeux s'emplissant doucement
d'une profonde nostalgie.

Janie Faucher

J'suis partagée entre l'idée
de parler de haine ou d'amour

Entre des mots qui arrachent
le cœur ou des mots
qui le réparent

Comment faire alors que
le mien n'est même pas
guéri ?

Les arbres continuent de grandir

Et les fleurs de fleurir

Les bourgeons éclosent

Les feuilles changent de couleur

Et les saisons continuent d'avancer

Pourtant j'ai l'impression d'avoir cessé d'exister

Depuis que notre amour s'est tout doucement estompé

Janie Faucher

Nostalgie sera là pour te remémorer
nos moments
les plus beaux
les plus fous
les plus éclatés

Quand la vodka nous étreignait
et que sous les étoiles on s'aimait

Je t'en prie, n'oublie jamais

Sens-tu dans cette étreinte
cette douleur incessante
cette crainte
à l'idée de te voir partir
sans jamais revenir ?

Tu es là devant moi à me faire tes grands discours que je connais tant. J'avale chacun de tes mots comme la dernière goutte d'eau, avec le pressentiment qu'encore une fois tu partiras.

J'm'isole

parce que

ça me console

Nous deux, tel un oxymore

Une haine amoureuse
(s'aimer et se détester, pathétique)

Une magnifique atrocité
(c'est beau de se détruire, non ?)

S'empresser lentement
(et si pour une fois nous prenions vraiment le temps ?)

Des souvenirs oubliés
(à jamais dans ton cœur que tu m'disais, mais tu es
déjà parti...)

Un poète,
l'âme échouée,
rendant
tous ses espoirs
vivants.

Chaque année c'est pareil,
mon moral revient
avec le beau temps

-    et il repartira avec les jours froids

Des tornades

ne cessaient

de percuter

mon cœur

alors

qu'il tentait

en vain

d'y faire grandir

de belles choses

ADIEUX BRÛLANTS

Ses mains sur mon visage
froid et trempé
réchauffaient ma tristesse,
née de ses adieux répétés.

On se perd de part et d'autre,
ça n'en finit plus.
Mon cœur explose
en même temps que
les bourgeons au printemps,
et puis toute l'année.

Je pensais que tu allais m'regarder,
encore et encore,
que tu allais m'sourire
au moins une dernière fois.

Et mon cœur explose,
ça n'en finit plus,
et un jour, est-ce que ça finira ?

Parce qu'on se perd,
encore et encore.

Et puis, parfois, nous nous accrochons tellement fort, par peur de souffrir, mais en fait c'est de s'accrocher qui fait le plus mal. Surtout lorsque nous nous accrochons à ce qui est déjà perdu, à ce qui est déjà parti.

Tu t'es envolé avec le cœur
d'un·e autre
alors que tu laissais
le sien
se fracasser

Tu t'es envolé avec le cœur
d'un·e autre

Toujours en quête
de lumière.
Il en faut beaucoup
pour éclairer
une âme obscure.

Je tombais pour tes beaux yeux
mais toi
tout ce que tu voyais
c'était elle

-      *et je n'ai jamais été elle*

Écho de littérature

répondu d'écrits par-dessus écrits

par ces poètes un peu écorchés

ces poètes qui n'ont trouvé

d'autres moyens d'extérioriser toutes

les douleurs de ce monde

trop lâches pour s'écrier

c'est la feuille de papier qui les a sauvés

ces poètes aux cœurs brisés et

au désespoir qui n'en finit plus

de s'accumuler

dans une amertume innombrable

Comment
a-t-il fait
pour m'aimer
pour tout
ce que j'étais
tout entière
alors que
même moi
j'en étais
incapable ?

Janie Faucher

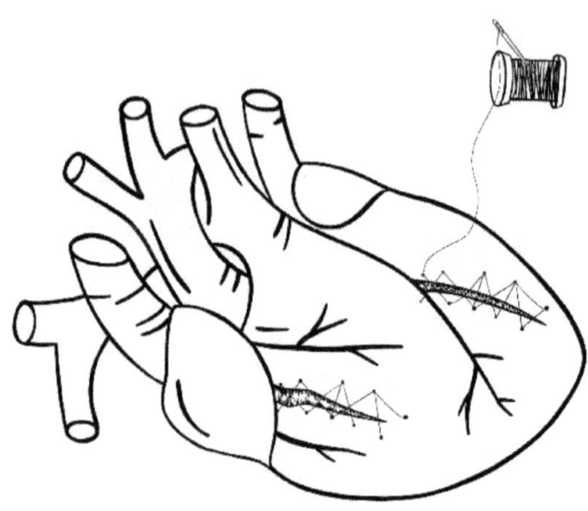

je n'en peux plus de faire semblant

que mon cœur

n'est pas couvert d'entailles

J'ai ouvert les rideaux,
dehors le ciel est gris et il pleut à flots.

Les yeux qui brûlent
et la tête douloureuse
de mes nuits où mon corps combat le sommeil.

J'prends un crayon pour
griffonner mes crève-cœurs,
espérant qu'ils quittent mes pensées
pour rester sur ce bout d'papier.

C'est dans de
pareils moments
que nous réalisons
qui sont présents
en tant que fantômes
dans notre vie
et ceux qui sont
réellement là.

J'ai mal à la tête
d'entendre mes pensées courir ainsi,
m'empêchant de dormir.

Je n'en peux plus d'parler d'amour,
d'amour incertain, d'amour d'un jour,
alors qu'il y a ce sentiment angoissant.

J'effleure mes joues trempées
chaque soir,
est-ce que j'perds la tête ?

Angoissée sans même plus savoir,
mon cœur se tord,
se libérant de tout ce je n'sais quoi.

Mais ça fait mal.

Viens, nous irons crier aux étoiles notre mal de vivre. Nous irons crier nos déceptions et pleurer l'amour. Parce que l'amour il n'apporte que tout ça à la fin. Nous irons crier que la vie, ce n'est pas ce qu'il y a de plus beau.

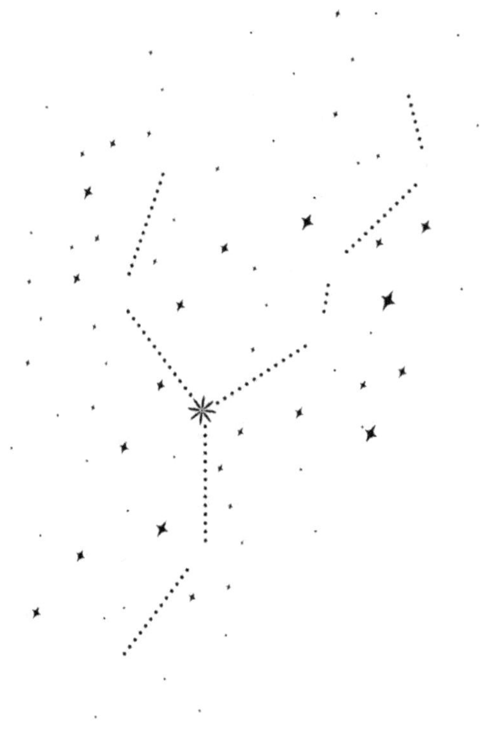

35

C'est pire que des os
qui se fracassent,
c'est mon âme
qui se brise
en plein de
petits morceaux
dont je n'arrive plus
à en refaire le casse-tête.

Je le sens,
le mal-être qui
coule dans mes veines.
Un jour, peut-être,
j'y sentirai la quiétude.

Elle croyait que
tu l'attendrais,
bras ouverts et
sourire aux lèvres.
Elle s'est trompée,
jamais tu n'aurais
pris ce précieux
temps pour elle.

Demandez-moi
de parler
et je vais
me taire.

Donnez-moi une
machine à écrire
et je vais
faire saigner
toutes mes pensées.

Il n'y a rien de plus
exaspérant que de
soudainement
se sentir triste et vide
sans même en
connaître la raison.

Ça a toujours été comme ça,
ils faisaient leur petit
bout de chemin
sans jamais penser à moi,
ils construisaient leur vie
sans jamais se demander
comment j'allais.

Et pourtant c'est ce que les gens font,
ils savent parler, mais lorsque vient
le temps de poser des actions,
tout devient le contraire des paroles.

Tel un tournesol

se tournant

vers le soleil

un jour

tu apprécieras

la lumière

toi aussi

Les soirs sont si pénibles sans ma moitié. Sans elle, ma tête se permet de se remplir de pensées envahissantes afin de m'empêcher de sombrer dans le sommeil.

Sans elle, le lit est si froid.
Sans elle, les soirs sont si longs,
les nuits sont si noires,
et moi je suis si vide.

Et puis malgré tout, cette immense peur de
le perdre et de me faire briser à nouveau est
toujours présente. Et elle le sera toujours.

J'ai trop souvent eu la preuve que, les gens,
ils viennent dans nos vies pour ensuite en sortir.

Pendant des années,
je me suis endormie
avec le mal de vivre
qui grondait en moi.

Je suis exténuée
de vouloir changer,
de vouloir être quelqu'un
que je ne suis pas,
d'affronter mes défauts,
mais je suis en même temps
tellement lassée
d'être *celle que je suis.*

Se sentir

replonger

mais

tout faire

pour garder

la tête

hors de l'eau

On s'embrassera une dernière fois,
yeux dans les yeux,
mains dans les cheveux,
sous les étoiles.
Et elles, elles se souviendront de nous,
aussi longtemps qu'elles brilleront.

Et si nous avions eu plus de temps,
plus de moments, plus de souvenirs,
aurais-tu pris davantage de temps
avant de m'oublier ?

Janie Faucher

Ce soir, mon âme se déchire
et la tristesse me consume
de plus en plus,
alors que le temps passe.

Ce soir, j'essaie,
malgré mes larmes,
de me convaincre que
tant que le cœur bat,
nous ne sommes pas vaincus.

*Tout ce monde
brillait
beaucoup trop
pour une
simple étoile
comme moi*

J'ai beaucoup trop longtemps
attendu l'amour d'une personne
qui ne m'en donnera jamais.

Sans pitié,
ils m'ont pris
ce que j'avais
de plus précieux.
Ce qui faisait
battre
mon cœur
d'enfant.

Janie Faucher

J'ai cette envie de savoir
si tu penses à moi parfois.

Te dis-tu que tu es
plus heureux maintenant
ou alors que tu n'aurais
jamais dû me quitter ?

Et si au moins j'avais su que ta clope
n'a plus le même goût dans ta bouche,
que baiser n'a plus jamais été
aussi bon qu'avec moi
et que ton cœur n'a plus
jamais aimé après moi.

C'est aux heures tardives

que viennent les paroles

les plus vives

Lorsque nous la regardons,
elle brille de mille feux.
Même lorsque tout en elle
devient obscur au point
d'étouffer tous les incendies.

-    c'est son superpouvoir

Je m'ennuie
de quand
sourire
m'était
aussi facile
que de
respirer.

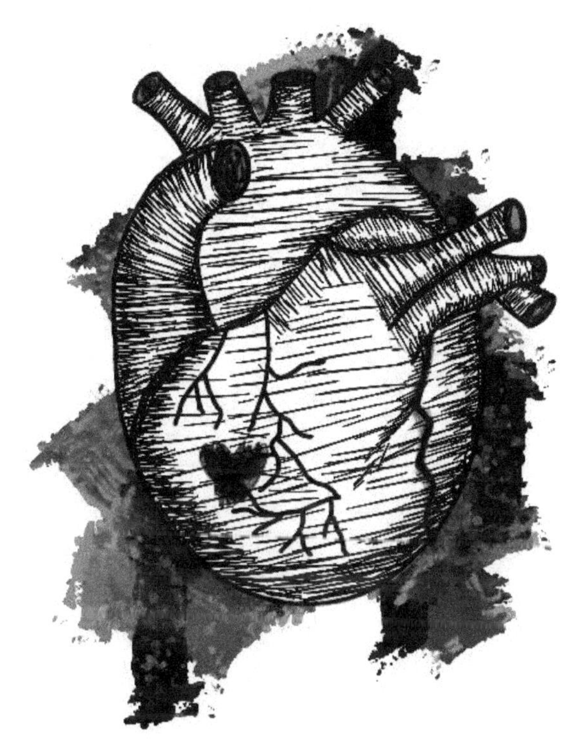

Chute libre

Il n'y avait même plus un peu d'amour
dans son lâche adieu.
Comme si je n'avais jamais été
pour lui
tout ce qu'il a été
pour moi.

Ce sentiment de ne plus savoir quoi faire
pour soulager mon corps et mon âme.
En détresse, mon cœur se laisse tordre
dans l'espoir qu'il se passe quelque chose.
Dans l'espoir qu'une vague inattendue laisse
un peu de bonheur dans l'coin gauche de ma poitrine.

Janie Faucher

Lorsque je ne serai même plus capable
d'écrire des mots pour expliquer mon chaos,
alors là il sera trop tard.
Je serai déjà trop affectée, trop submergée
par la douleur qui me sera maintenant inexplicable.

*Mon silence
a hurlé si fort
pour n'être
finalement
jamais entendu*

Tu es maintenant en train de te noyer, et tu ne fais pas le moindre effort pour t'en sortir.

C'est normal, tu ne t'en aperçois même pas.

Et je continuais de t'aimer, malgré tout ce mal que tu m'infligeais, malgré toute cette douleur que tu enfonçais dans ma poitrine.

pour que finalement
ma plus grande peur
devienne réalité

la peur de te voir partir
me laissant seule
face *au monde entier*

J'entends la pluie sur le toit
et je suis apaisée plus que
jamais, cette fois, d'entendre
tomber *autre chose que moi.*

je sais que ça peut ennuyer
tout ce chaos
tous ces mots
je suis désolée
c'est pour enlever
cette envie d'crever

Maintenant que tu es parti, même les plus belles
chansons je n'arrive plus à les écouter.
Elles me perforent le cœur.

Même ce que j'aimais le plus faire, je n'y arrive plus.
Je n'ai même plus d'inspiration pour écrire.

Et même mes endroits préférés me rappellent toi.
Tout ce que je fais, partout où je vais,
ça me rappelle toi.

J'ai tout fait pour ne pas t'oublier.
J'ai porté ton pull rempli de ton odeur.
J'ai continué de porter ce bracelet
que tu m'avais offert.
J'ai conservé toutes ces photos de toi,
les regardant soir après soir.
Et surtout, mon cœur a continué de battre pour toi.

Une constellation
finalement devenue
un amas d'étoiles
ne s'alignant plus.
C'est ce que nous
sommes maintenant.

je suis coincée

entre

l'idée de

tout lâcher

et celle de

ne pas

bousiller

ma vie

Le jour où tu me quitteras,
une cicatrice s'ajoutera sur mon cœur.
Mais je crains que ce soit celle de trop,
celle qui provoquera l'arrêt de ses battements.

Janie Faucher

Il ne reste plus rien
d'autre en moi
qu'un cœur brisé
une âme remplie
d'un bruyant chaos
et des poumons fatigués
de respirer ce vent néfaste

Comme un nuage gris avant l'orage,
le cœur rempli,
prêt à éclater en sanglots à tout moment,
laissant sortir toute cette lourde averse.

Et il y a ces soirs avec l'envie
de s'couper les veines,
juste pour noyer la peine.

-     nous n'en parlons pas assez de ces soirs
      et pourtant ils existent
      même si nous préférons taire les mots, les maux.

encore un soir
exaspéré
tu sors la
bouteille de vin

je prends une gorgée
que toi tu multiplies
par tous tes tracas

encore cette fois
j'espère que
tu resteras gentil
dans tes gestes
et silencieux
dans tes mots

Tu avais raison,
nous n'étions plus heureux.
Nous n'aurions jamais été
ces fameuses âmes sœurs
qui se sont trouvées.

Nées de sa gentillesse éphémère,
derrière un épais nuage de brume,
se cachent de délicates
constellations d'ecchymoses.

Janie Faucher

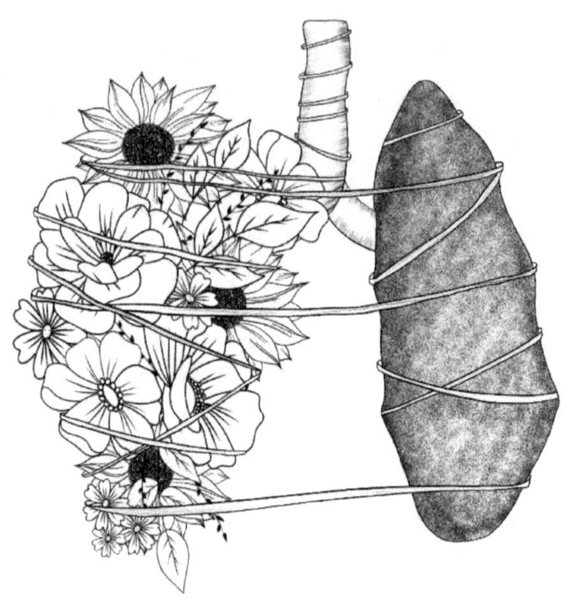

j'ai le mal de vivre qui

engouffre mes poumons

je n'arrive même pas

à lâcher mon dernier souffle

Si tu te réveilles un matin
et que les draps ont perdu
leur douceur
et que le latté n'a plus
ce goût crémeux
au fond de ta gorge

Si les arbres ont perdu
leur verdure
et que le soleil
n'a plus le même éclat
sur ton visage

Que l'eau chaude
sur ton corps
ne te détend plus
et que même la chanson
la plus triste ne t'arrache
plus une seule larme

Alors ce matin,
tu auras compris
ma détresse de
cette première journée
où, au réveil, *tu n'étais plus là*

Je voulais te revoir
pour recoller les morceaux
et toi tu ne voulais que
baiser
une dernière fois.

Ils disent de vivre pour nos rêves, mais j'ai vu le mien, le
plus précieux, devenir réalité pour ensuite le voir voler en
éclats devant mes yeux,
en totale impuissance.

- devenu cauchemar

Janie Faucher

Ta flamme s'est éteinte

et c'est tout mon être

qui est devenu braise

(tu m'as tranquillement réduite en cendres)

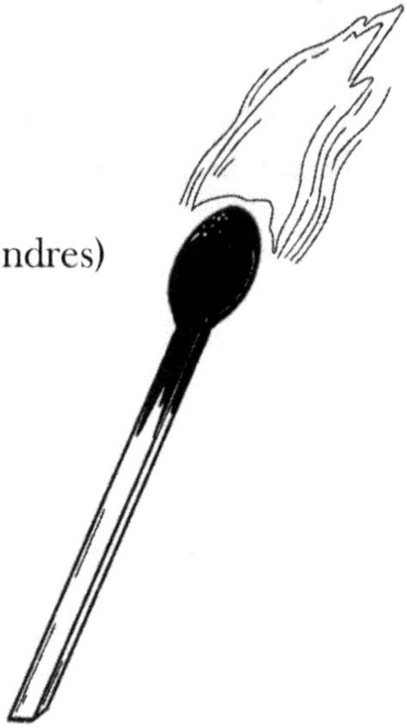

Tu n'as plus d'argent
pour calmer la tempête
dans ta tête,
peu à peu
tu te fais *dévorer.*

Janie Faucher

J'aimerais tant retenir mes larmes,
mais comment faire alors que
je ne sais même pas pourquoi elles coulent ?

Je n'en peux plus de ressentir
ce vide inexplicable
qui me remplit l'âme.

Un mal de vivre,
une véritable crise existentielle
qui remplit mes poumons
sans la moindre pitié.

Tout ce que tu aimais de moi
n'est plus assez maintenant

Mon corps que tu admirais tant
n'est même plus digne
d'un simple regard

Tu te noyais dans mes yeux
dont tu as maintenant
oublié la couleur

Mes mots que tu écoutais avec passion
ne méritent plus que
d'être murmurés dans le vide, oubliés

Tu me parlais sans cesse
de tout et de rien, et maintenant
tu ne veux plus que j'entende tes mots

Je crois que la flamme s'est éteinte
brutalement, plus aucun feu
ne réchauffe ton amour pour moi

Janie Faucher

Tu me manques

sans cesse

ça en est devenu

une habitude

qui ne me quitte plus

tu es ma boussole

qui ne me guide plus

Tu ne mérites pas que ces mains te touchent autrement qu'avec de la douceur, elles sont censées te faire danser, pas te faire tomber.

Je vais d'un côté et de l'autre,
je me sens perdue,
n'ayant plus ce qui me fait vivre.

J'ai besoin d'une passion,
de quelque chose qui me tient
éveillée même lorsque je m'endors.

Maintenant que mon souffle de vie
m'a quitté, j'ai l'impression de ne plus
pouvoir *exister.*

Elle le sait ce que ça fait de se faire éclater le cœur contre le sol, lorsque la personne qu'on aime le plus au monde part sans même se retourner.

-     un cœur est si fragile lorsqu'il est amoureux

Je pense à leurs morts
et je pleure

Je pense à ma mort
et je pleure

Je pense à tous ces beaux paysages
que je ne pourrai regarder à nouveau
et je pleure

Je pense à cette vie
que je ne pourrai plus vivre
et je pleure

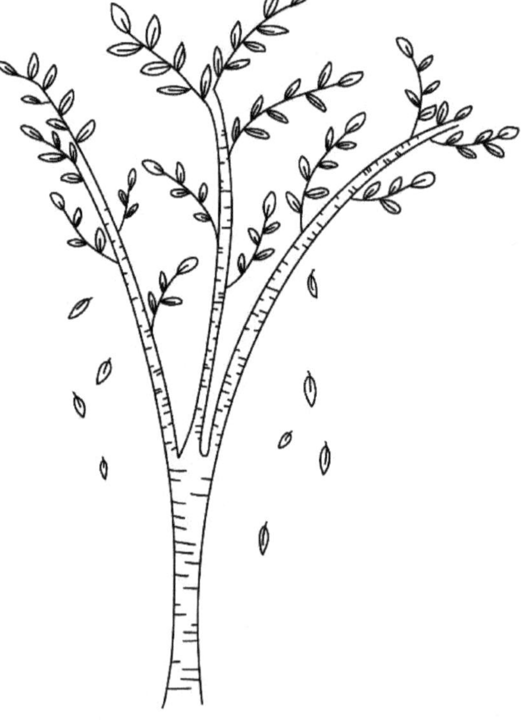

Au plus profond d'elle-même,
elle le savait.
Tes promesses qui passaient
comme le vent,
tes paroles devenues
tellement banales et
tes allures changeantes.
Ça brûlait les yeux.
Elle reniait cette perspective,
trop effrayée par la réalité.
Mais elle le savait.

J'aurais voulu crier ma haine au monde entier comme je t'avais crié mon amour, mais j'en étais incapable parce que même si tu m'avais brisé, je ne voulais pas tourner la page, j'aimais beaucoup trop notre livre.

Mais je n'y suis jamais parvenu à t'éclater mon cœur en plein visage, à te crier mes sentiments, à te crier toute ma douleur... peut-être que tu aurais eu mal, *toi aussi*, à force de voir à quel point j'étais détruite.

Mon cœur se fracassait pendant que le tien allait bien. Mon âme se *détruisait* pendant que la tienne se *reconstruisait*.

Mais même après tout cela j'aurais espéré te voir surgir de nulle part, entendre tes excuses à demi-sincères et tout recommencer à zéro, seulement pour te montrer que moi je continuais de m'accrocher à toi.

Peut-être qu'en fin de compte, tu m'avais laissé m'endormir dans les bras aiguisés de l'amour. Peut-être qu'en fin de compte tu aimais bien me voir souffrir pour toi.

J'étais tombée amoureuse de toi, alors que tu savais bien que ça ne servait à rien, alors que tu savais bien que j'allais m'éclater le cœur contre le mur de l'amour impossible, contre le mur de l'amour à sens unique.

Tu ne mérites pas de te faire rabaisser,
tu es une personne forte et courageuse,
bien plus que lui·elle ne le sera jamais.

Emprisonnée par son dur passé

Poignardée par la souffrance

Massacrée par les coups

Enfermée dans son propre corps

Le cœur détruit par la douleur

Le visage meurtri par les larmes

Elle ne peut plus le supporter

Elle veut en finir

Je m'en veux. Je m'en veux de te hurler toute ma haine en pleine tête, alors que tu ne le mérites même pas. Et je sais que la confusion te ronge lorsque, l'instant d'après, je te parle doucement comme si rien ne s'était passé. Je te jure que je ne fais pas exprès. Je te jure que j'aimerais que ça se passe autrement.

J'crois que j'suis malade, dans ma tête et dans mes maux.

C'est en regardant les étoiles
que j'ai compris que je n'avais plus rien.

Tu m'as laissé pour prendre place
dans les cieux, me laissant sombrer seule
dans cet enfer qui m'enlace peu à peu.

Et maintenant face à mon silence
je prétends que tout va pour le mieux,
et maintenant face à mon silence
je prétends que je vais bien.
Puis tous les soirs je regarde les étoiles,
ton étoile, celle qui éclaire mon chemin.

Mon chemin détruit et rempli d'obstacles
et d'erreurs à l'horizon flou, comme si
tranquillement mon chemin s'écroulait
pour me laisser sombrer dans un grand trou.

Et c'est en regardant les étoiles
que j'ai compris que *tu étais tout.*

-    deuil

Je croyais être
aussi forte
que le soleil,
mais ils ont continué
à me faire
tant d'ombre
que je me suis
tranquillement
effacée.

Ne laisse pas ce moment arriver, ce moment où tu ne te relèveras jamais de ces paroles au goût amer et de ces mains qui ne t'ont jamais aimé comme il se doit.

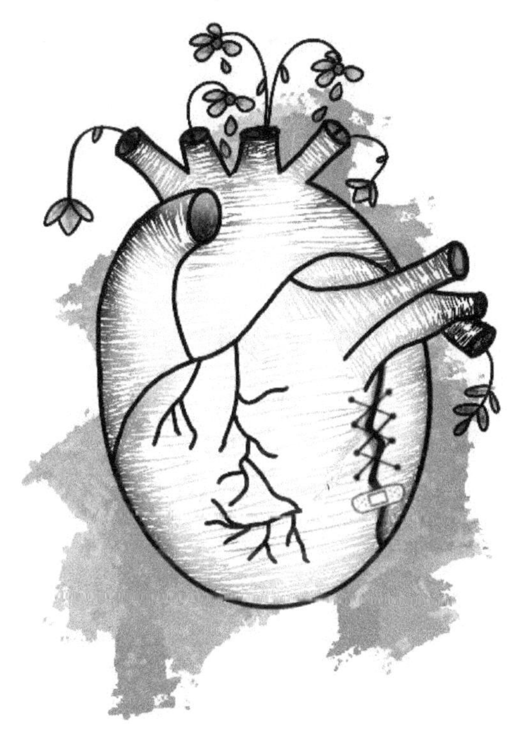

Brouillard

Janie Faucher

Je me suis réveillée en sursaut,
j'ai rêvé que nous deux
ce n'était plus que des adieux.

Toutes les fois, je me dis
qu'il ne mérite pas mes larmes.
Et pourtant, chaque fois,
je me noie dans mes larmes devant lui.

Janie Faucher

Et je me surprends encore
à y repenser
comme si c'était hier
et pourtant
tout n'est maintenant que poussière

J'aurais tant aimé que
nos deux corps
s'enlacent encore et encore.
Que le coucher du soleil
dure éternellement.
Pour que tu restes,
pour que tu ne partes pas
en même temps que le soleil,
me laissant seule avec la lune.

Poésie, belle poésie

Aligne tes vers

Multiplie tes strophes

Quelques rimes ici et là

La profondeur du cœur

Mais la confusion de l'âme

Poésie, belle poésie

Fais-nous ressentir

Toutes ces émotions

Fragiles et engourdies

Dans le brouhaha du monde

Poésie, belle poésie

Qui embrasse nos cœurs abîmés

Et si d'un coup tout changeait,

que l'obscurité rayonnait

et que toi et moi se transformait en nous ?

Janie Faucher

La tête un peu perdue

le cœur à l'envers

avec l'espoir

que tu m'aimes encore

*Il peut parfois te
sembler que
je t'oublie,
j'en suis désolée,
je m'oublie encore
souvent moi-même*

Tu m'as laissé le fardeau de prendre une décision qui n'était pas la mienne parce que tu n'avais pas le courage de faire le sale travail toi-même.

- et plus jamais je ne prendrai une décision qui ne m'appartient pas

Il n'y avait que dans ses bras

où j'arrivais à m'endormir

sans aucune angoisse

Je m'en veux de l'avoir autant supplié de rester, alors qu'il ne voulait plus de moi dans sa vie.

Ne retenez jamais une personne qui ne veut plus de vous, laissez-la partir.

Pour son bonheur, mais pour le vôtre avant tout. Voulez-vous vraiment être avec quelqu'un qui ne veut plus parcourir ce chemin avec vous ?

ÉTERNEL COMBAT

Promets-moi d'y réfléchir
à deux fois.
Partir ou rester,
c'est un choix déchirant
entre le cœur et la raison.

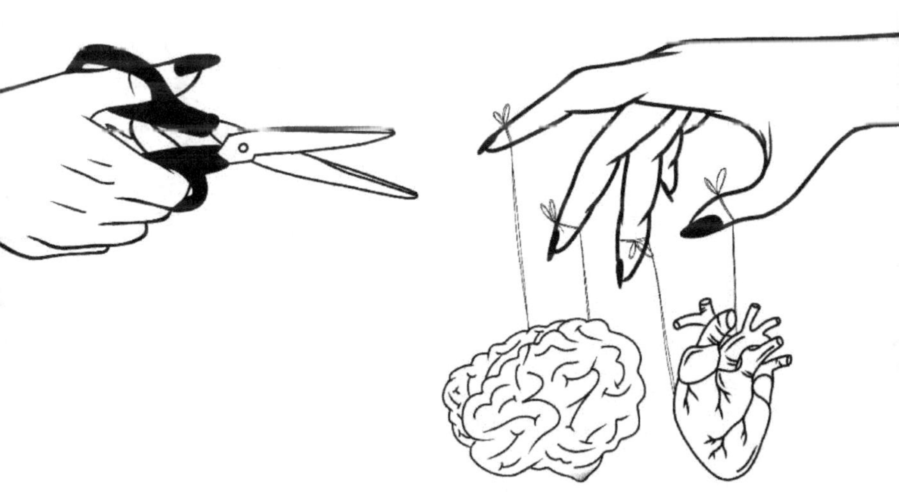

Je me souviendrai toujours de ce jour
où il m'a demandé : « Ça ne va pas ? »
et qu'il a insisté, alors que personne
d'autre n'avait compris, alors que
personne d'autre ne s'en souciait.

-    merci, cher professeur

Ton absence crée un énorme vide en moi,
me rappelant de profiter de chaque instant
passé à tes côtés, alors que *ton cœur*
s'offre tout entier *au mien*.

Je voulais m'excuser
pour toutes ces fois
où je t'ai déçu
parce que tu croyais en moi.

Et que j'ai échoué
parce que je n'arrivais pas
moi-même à croire en mes capacités.

Tu lis ces mots,
cœur de pierre,
aucune émotion.

Tu ne lis que des mots,
alors que tu devrais y lire
la profondeur de l'âme et du cœur.

Seras-tu là pour moi
dans ces mêmes moments
où je te prenais dans mes bras
lorsque tu t'effondrais ?

\-   n'attends pas de moi ce que
      je ne peux obtenir de toi

Laisse-moi un instant
quitter pour ce monde
que tu ne comprends pas,
juste un instant.

Laisse-moi plonger
tête première,
me laissant tranquillement
couler jusqu'à l'abîme.

Et surtout, ne me tends pas la main.
Ce serait si simple de l'attraper.
Mais je coulerai,
jusqu'à voir la mienne tendue.

Il n'y a rien de plus excitant
que de savoir
que *ma propre main* pourrait me sauver.

Janie Faucher

J'ai fermé les yeux,

puis tout avait soudainement changé

lorsque je les ai ouverts à nouveau

    -    la vie passe trop rapidement

Ce tourbillon
dans mon âme
qui aligne
des mots pour
libérer mes maux,
c'est l'évasion
de mon cœur

Ce soir-là, je croyais que tu reviendrais,
mais je me suis promis que c'était
la dernière fois que je t'attendais
les yeux rivés vers la fenêtre
jusqu'aux petites heures du matin.

Alors qu'il y a quelques années
les *idées suicidaires* m'envahissaient,
qui aurait cru qu'aujourd'hui
ma plus grande peur serait de *mourir* ?

Janie Faucher

Ces artistes

qui savent exprimer

tout ce qui reste

douloureusement bloqué

au fond de notre gorge

J'ai besoin qu'ils prennent ma main
pendant ces moments difficiles
et qu'ils délaissent cette envie
de me redonner l'oublié.

Souvenez-vous de moi alors que j'oublie tranquillement.

Et continuez de m'ouvrir vos bras
même lorsque je ne les reconnaîtrai pas.

-      Alzheimer

Je prendrais une pelle pour remplir
tous ces vides dans ton cœur.

J'aimerais, au moins l'espace d'un instant,
prendre toutes tes douleurs
dans mon propre cœur.
Pour que tu puisses respirer
librement, sans rien d'étouffant.

Je veux te voir vivre
sans rien qui te tracasse,
sans rien qui te replonge
dans d'horribles souvenirs.

Si je le pouvais, je te jure que je le ferais.
J'aimerais que tu me laisses t'aider,
que tu m'offres ton cœur abîmé
afin de le réparer, quelques morceaux à la fois.

Brouillard

J'allais sauter
et tu m'as sauvé,
me donnant le dernier souffle
qui me manquait pour continuer

Tu m'as offert ton sourire
alors que le mien avait disparu,
puis ta main
lorsque je m'effondrais

Tu m'as montré
que la vie vaut la peine d'être vécue
et que ce qui semble horrible
peut aussi être magnifique

Tu m'as donné cette force
pour affronter la vie
de ta simple présence
unique et rassurante

Pendant ce temps,
tu cachais ton mal être
au profit de mon bonheur

Et je m'en veux
de ne pas avoir pu
te sauver de tes démons
comme tu as su le faire pour moi

De là-haut, je t'en prie, pardonne-moi

Je me demande
si tu ressens
ce que je ressens
lorsque nos deux corps
se séparent pour
se dire au revoir,
cet immense vide
qui transperce
la poitrine,
qui écrase le cœur.

Se perdre dans ces lignes pour oublier de manière éphémère ce lourd désastre qui nous abîme. Se plonger dans ce noir sur blanc pour apaiser nos douleurs, un instant. Ces livres qui mettent un petit baume sur nos cicatrices pas tout à fait guéries.

Non je ne bois pas, non je ne fume pas,
j'ai trouvé un moyen bien mieux, évacuer,
oublier l'espace d'un instant, l'instant où
je fais parler mon cœur ruiné.

Avec toi, j'ai su mettre de côté

mes insécurités de la vie,

car avec toi je me sentais bien,

je me sentais en sécurité,

je me sentais protégée

contre le monde entier.

Avec toi, je me sentais plus forte.

Je me sentais prête à affronter

tous les obstacles de ce monde.

Janie Faucher

J'ai appris que lorsqu'une personne
t'aime réellement
la seule chose
qu'elle désire, c'est ton bonheur.

Cette rivière, dont le courant
fonce vers une direction,
sans même se demander
où il va et d'où il vient.
La vie, c'est un peu comme ça.
Parfois, il faut savoir avancer
sans trop se poser de questions.

- suivre le courant
  et faire confiance au processus

Les gens disent que l'amour fait mal.
Le manque, les mensonges, la trahison,
la solitude... toutes ces choses font mal,
mais l'amour ne fait pas mal.
L'amour, c'est le sentiment le plus beau.

J'aimerais
pleurer
toute ta peine.
Juste pour
qu'elle te soit
un peu plus
supportable.

Ce bonheur
que tu prétends
côtoyer,
j'espère qu'un jour
tu le rencontreras
réellement.

La vulnérabilité fait peur.
Mais lorsque tu sentiras
que tu peux te confier
sans que cela représente
une menace, alors aie confiance.

Ils m'ont rabaissé,
ils n'ont jamais
cru en moi.
Et pourtant
je suis là
aujourd'hui,
debout et fière
d'être celle que
je suis devenue.
Merci d'avoir su
me montrer tout
ce que je ne suis pas
et tout ce que je ne
voudrai jamais être.

Guérison

Janie Faucher

Et même si le soleil partait,
moi je resterais,
illuminer ton sourire
pour ne jamais le voir mourir.
Si étincelant, si magnifique,
quelle détresse j'éprouverais
de ne plus contempler cette beauté
dont il est impossible de s'en passer.

Nous prenons tellement de temps
à guérir ces blessures douloureuses.
Ça fait encore plus mal de se dire
que nous accordons tout ce temps
à ce mal plutôt qu'aux belles choses.

Le printemps est arrivé
et, comme un renouveau,
je me suis vu recommencer à vivre.

J'ai refusé que mon moral prolonge
sa dégradation, j'ai fleuri avec la pluie
en même temps que
les fleurs sauvages.

J'ai refait mon nid pour soigner
mes petits bonheurs oubliés
et j'ai dansé avec les hirondelles,
sous le ciel couleur azur.

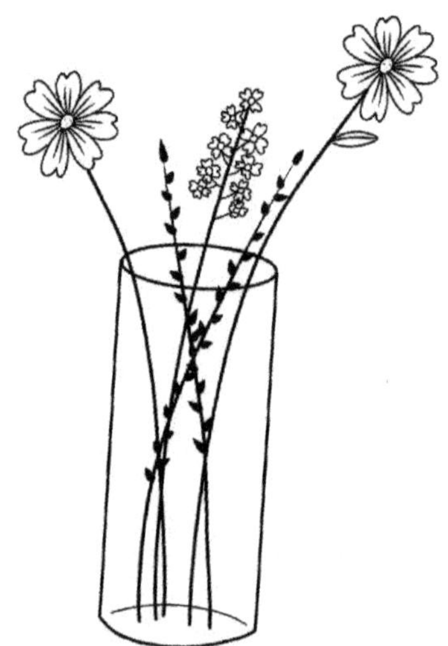

Prends ma main

Partons d'ici

Emmène-moi loin

Là où les doux matins

Nous berceront et

Nous réconforteront

De ces dures nuits passées

Janie Faucher

Tu as pris mon cœur brisé entre tes mains et
même si tu as laissé tomber quelques morceaux
tu as su rattraper tous les autres.

Et pour cela, tu resteras toujours
l'unique héros de mon cœur.

Ce n'est pas aussi grand, aussi beau,
mais tout ça n'est que du matériel.
Nous avons retrouvé quelque chose
de précieux que nous n'avions pas
eu depuis longtemps : *du temps*.

Janie Faucher

Il·elle en avait des défauts,
mais son bon côté suffisait
amplement à les oublier.

Guérison

Tes mains sous mon chandail

glissant sur ma peau

couverte de tes doux baisers

suffisent à faire taire mes pensées

pour que nos corps

d'une parfaite symphonie

se déclarent leur amour

Reste fidèle à tes convictions.
Ne laisse personne te convaincre
que tes attentes ne sont que des caprices.
Ne laisse personne enfreindre
ce que tu es capable de tolérer.
Toi et uniquement toi sait
ce que tu veux accepter et
ce que tu n'acceptes pas.
Ne reste jamais avec quelqu'un
qui te fait croire que tu es *trop difficile à aimer*.

Je refusais de le laisser entrer dans ma vie.
Tu prenais encore une trop grande place
près de mon cœur.
Et un jour j'ai réalisé que
cette place
tu ne la méritais plus.

Je ne tiendrai jamais plus rien pour acquis.
Trop de fois, je l'ai fait dans le passé.
Aujourd'hui je réalise, avec effroi,
que même ma vie peut m'être enlevée
à n'importe quel instant.

Tu te noies dans le passé.
N'oublie pas, mais pardonne.
Lâche prise.

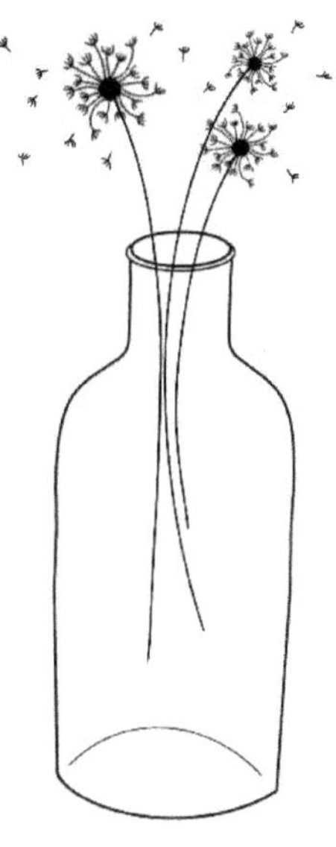

Janie Faucher

J'ai peut-être été naïve d'y croire,
mais au moins je ne pourrai regretter
de ne pas avoir essayé.

Guérison

Je me suis mise à éviter la personne que je suis,

exténuée, effrayée,

j'ai essayé de devenir quelqu'un d'autre.

J'ai essayé d'effacer mes défauts,

faisant comme si rien ne me dérangeait,

comme si j'étais toujours heureuse.

J'ai essayé de cacher mes émotions,

en retenant mes larmes

et en ne souriant pas trop.

J'ai essayé de changer ma façon d'être,

en adhérant à des convictions

qui ne me correspondaient pas et

en oubliant ce que j'aimais réellement.

Et je me suis complètement perdue

parce que je n'ai jamais été

aussi bien que lorsque j'étais moi.

Une âme unique et merveilleuse, complète

de ses défauts, de sa personnalité et de ses émotions.

Janie Faucher

*La plus belle chose
que tu posséderas,
c'est ton cœur.*

*Apprendre à rayonner
sans un seul regard,
c'est ça la beauté.*

Lire ma poésie, c'est lire mon cœur.
Je ne peux t'offrir quelque chose de
plus profond, sincère et puissant.

Janie Faucher

Les regards fixés

l'un pour l'autre

Sa main glissant

dans ses cheveux

Deux destins

qui se sont croisés

Aide-toi et
laisse-moi t'aider,
tu verras que ça en vaut la peine.

- tu ne peux aider une personne
  qui refuse de s'aider elle-même

Ces matins remplis de vide
m'apparaissent comme si c'était hier.

Ces matins où mon esprit et mon corps
ne concordent plus, qu'aucune envie ne
me vient de commencer la journée.

Ces matins me semblent être hier,
alors qu'il y a si longtemps que
je n'ai pas ressenti ce désarroi angoissant.

-      *(Peut-être que je suis en train de guérir)*

J'ai supplié
genoux à terre
pour une seconde chance de la vie
accompagnant mon cœur solitaire

Et qui aurait cru
qu'une toute petite lueur
ferait son entrée
à ses heures
pour confronter
mon espoir disparu
puis le conforter

Janie Faucher

C'est parfois le temps de partir

et on le sait

tout simplement

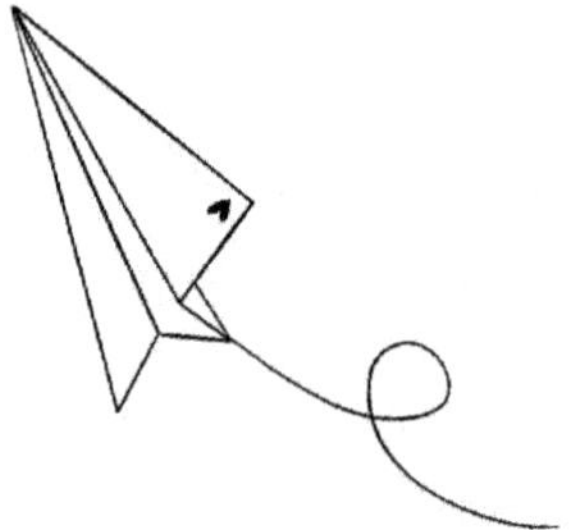

Tu peux essayer de changer,
mais tout autour de toi
te rappellera toujours
qui tu es
au plus profond de ton être.

Je ne suis pas difficile à satisfaire,
extasiée devant ces moments
qui regorgent de simplicité.

Guérison

Et tu grandiras

telle une fleur sauvage

dans les endroits

les plus inattendus

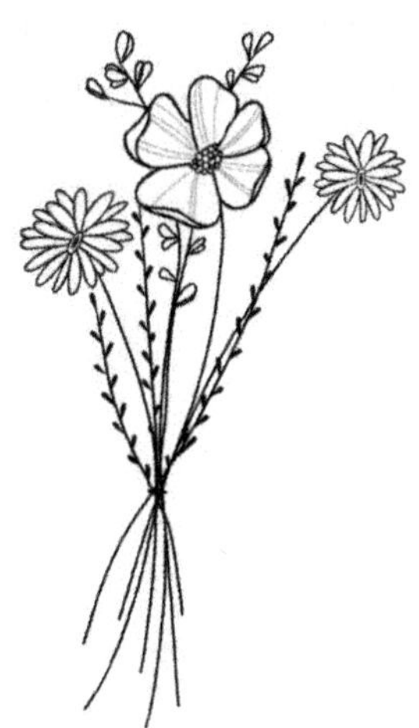

J'ai fini de me battre pour des personnes
qui ne lèveront même pas le petit doigt pour moi.

-    Tu peux partir, laisse la place aux autres.

Guérison

Que ce soit
le sentiment
de tournoyer
comme le vent

Ou que ce soit
le sentiment
d'être dévoré·e
de l'intérieur

Ce que tu vis
est légitime
Ce que tu vis
est valable

Janie Faucher

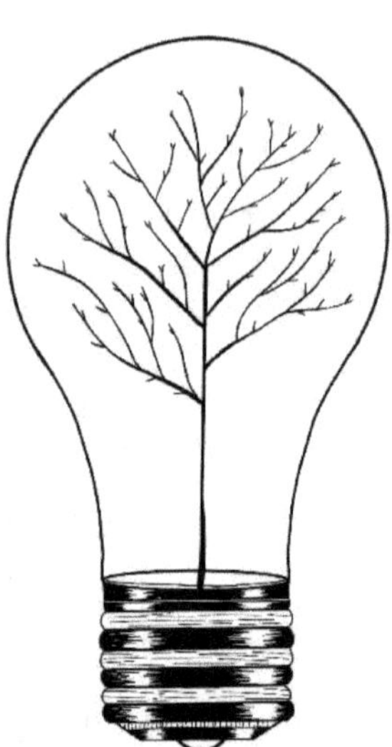

Éloignez-moi d'où je viens

mais je reviendrai toujours

-   jamais je n'oublierai

Guérison

Je veux m'accrocher à la vie,
leur montrer que je suis capable de faire
quelque chose de bien, quelque chose de beau.

Janie Faucher

Un jour, on m'a expliqué ce qu'est le courage.

Vous savez, le courage ce n'est pas d'affronter les choses
les plus dangereuses du monde avec tant de motivation.
Non, pas ce courage-là.

Le courage, c'est de surmonter nos peurs petit à petit.
Le courage, c'est de continuer à avancer.
Le courage, c'est de garder la tête haute.
Même si tout est déjà perdu.
Même si l'espoir n'y est plus.
Même si la motivation n'y est plus.

C'est correct de t'arrêter un moment lorsque le souffle ne te vient plus

Janie Faucher

Un cœur n'oublie jamais.
Il n'oublie jamais les meilleurs moments,
les étincelles, les feux d'éclats, les amours.
Et il n'oublie jamais ces douleurs
qui ont du mal à cicatriser.
Ces douleurs qui, parfois,
créent encore un petit pincement.

Je suis de ces personnes
qui ont besoin
de temps, seules, pour s'apprivoiser.
De ces personnes qui,
bien que vidées
de leur énergie
en la présence des autres,
se retrouvent ressourcées
une fois seules
avec elles-mêmes.

- introverties

Janie Faucher

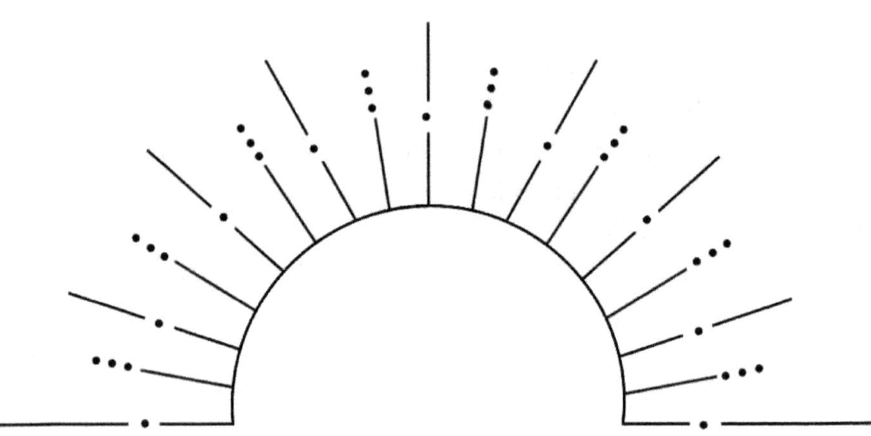

Je ne me lasserai jamais de regarder

ces magnifiques couchers de soleil

qui me rappellent tous les soirs

qu'on peut s'éteindre complètement

et revenir *plus illuminé que jamais*

Tu peux parler
de tes démons
qui te hantent
si tu en as besoin,
si tu en as envie.
À la longue, ils
finissent par faire
partie de nous.

Janie Faucher

J'aime la vie.
Je l'aime pour ses
petits moments simples et
pour ses petits bonheurs
qui mettent un baume
sur nos douleurs.

C'est important d'avoir quelque chose qui permet de se retrouver soi-même. Un projet, une activité, une passion... quelque chose qui nous tient réellement à cœur et qui nous permet de faire le vide.

Pour ma part, c'est l'écriture. Elle représente mon échappatoire, la plus fidèle solution à mes crève-cœurs. Et surtout, ça me permet d'écrire des mots qui vous feront réaliser que vous n'êtes pas seuls, que d'autres comprennent vos douleurs.

Des mots qui, peut-être, vous aideront ou alors vous porteront conseil. Des mots qui feront ressortir des douleurs enfouies, des mots qui feront du bien, qui vous donneront espoir et courage afin d'apaiser et de passer par-dessus vos crève-cœurs à vous.

Peu importe
ce que tu diras ou feras,
il y aura toujours des gens
qui seront insatisfaits
et qui te jugeront.
Inutile de leur plaire,
l'important est de te plaire à toi.

-      et ça ne fait pas de toi une personne égoïste

Guérison

Il y a tant de choses
si belles, mais parfois
si près de nos yeux
et de notre quotidien
que nous n'y portons
même plus attention,
tant elles sont
devenues banales.
Ne devenons pas aveugles,
ouvrons nos yeux et
apprécions ces
merveilles délaissées.

Aucun bruit de voiture

Un magnifique silence

Que le chant des oiseaux

Le soleil se lève

Un autre matin

Le sourire aux lèvres

Cette fois au moins

-    chaque jour est un cadeau de la vie. prends-le.

À travers
cette routine
chaotique
et
précipitée,
arrête-toi
un instant,
prends
le temps.

Sais-tu quoi ?

On ne peut pas
briller dans tout.
Nous avons tous
nos forces et nos faiblesses.

Et c'est ce qui fait que
nous sommes magnifiques.

Guérison

Qu'en dis-tu si nous fermions les yeux
un instant dans un silence apaisant ?
Et que nous nous prenions la main,
quelques secondes ou jusqu'à demain.

Qu'en dis-tu qu'un instant devienne toujours ?
Parce que je ne veux plus lâcher ta main.
Je n'ai plus envie de me réveiller avec un bonjour
qui n'aura plus jamais de lendemain.

Cette fois je veux que tu restes,
on peut escalader l'Everest
ou aller vers l'ouest
mais, je t'en prie, reste.

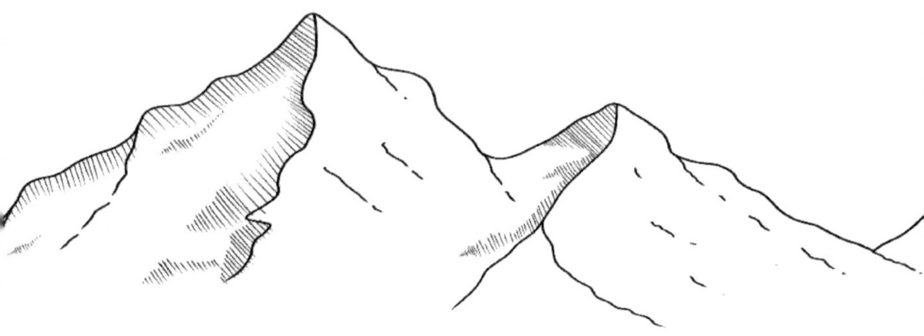

Janie Faucher

Ne reste pas entouré

de personnes qui te font

sentir comme si tu es

tout sauf toi-même

J'ai perdu ma vie à me détester,

alors que tout ce que j'avais à faire

était de m'aimer.

J'ai perdu ma vie à m'accrocher,

alors que tout ce que j'avais à faire

était de lâcher prise.

J'ai perdu ma vie à courir,

alors que tout ce que j'avais à faire

était de prendre le temps.

J'ai perdu ma vie à vouloir oublier,

alors que tout ce que j'avais à faire

était de pardonner.

Finalement, j'ai perdu ma vie à survivre,

alors que tout ce que j'avais à faire

était de vivre.

Si l'on parle de courage,
c'est à toi que je pense,
et même si parfois tu vois des nuages,
tu continues ta danse.

Toujours présent durant mon enfance,
sans jamais un signe de lâcheté,
tu m'as toujours épaulé, toujours conseillé,
et toujours fidèle, ça recommence.

Et quand je vois tous ceux-là sans papa,
sans un papa comme toi pour les encourager,
je me dis que moi je n'y arriverais pas,
c'est grâce à toi que j'ai appris à persévérer.

Un modèle à contempler,
Papa, tu es mon héros,
tu as toujours été là pour t'assurer,
qu'au plus profond de mon cœur je n'étais pas
déboussolée,
et ce même s'il fallait repartir à zéro.

et lorsque l'envie
te prend
d'abandonner

souviens-toi de ces jours
d'espoirs
et de combats

ton cœur se fracasse,
mais tu recolles
les morceaux
avec de la broche

je te jure,
tu mérites qu'on
te recolle ce cœur
mieux que ça

Ça arrive soudainement et, comme une fleur, notre amour se construit tranquillement avec tout ce que notre cœur est capable de lui donner ; du temps, de la patience, des efforts et de la confiance.

*Il faut
apprendre
à accepter
la pluie
pour ensuite
y voir
les fleurs*

C'est toujours comme ça, l'humain ne se satisfait jamais amplement de ce qu'il a, il se compare, il désire ce qu'il n'a pas en oubliant toutes les belles choses qu'il a déjà.

-     nous sommes tous parfaits à notre manière,
      et nous le sommes qu'aux yeux de quelques
      personnes qui nous méritent vraiment, et le
      plus important, aux yeux de nous-mêmes.

Tes émotions sont importantes.
Ta santé mentale est importante.
Tu as assez gardé tout cela
à l'intérieur de toi.
Laisse ce tabou sortir, libère-toi.

Vivre ces moments chaotiques en vaut tellement la peine pour ensuite embrasser nos moments d'amour profond et de complicité.

Vis ce que tu as à vivre, n'ait pas peur.
Ce que tu as envie de faire, fais-le.
Lorsque tu te retourneras pour voir
défiler tout ce que tu auras manqué,
tout ce que tu regretteras de ne pas avoir fait,
il sera déjà trop tard.

Si tu donnes tout ce que tu as, mais que ce n'est jamais assez, ne reste pas là. Si ce n'est pas assez maintenant, ce ne le sera jamais. Ce le sera ailleurs, pour quelqu'un d'autre, je te le promets.

LÂCHER PRISE

Tu as le droit d'avoir mal.
C'est normal d'avoir mal.
Vis cette douleur qui te hante la tête
et qui te poignarde le cœur.
Laisse ta douleur vivre.
Pleure, crie, hurle.
Tu as le droit.
C'est normal.
Mais ne laisse pas cette douleur prendre
le contrôle de ta vie, ça n'en vaut pas la peine.
Laisse-là te faire du mal,
mais ne la laisse pas te consumer.
Reviens ensuite encore plus fort.
Reviens la tête haute.

Mais, je t'en prie, *laisse cette douleur partir.*

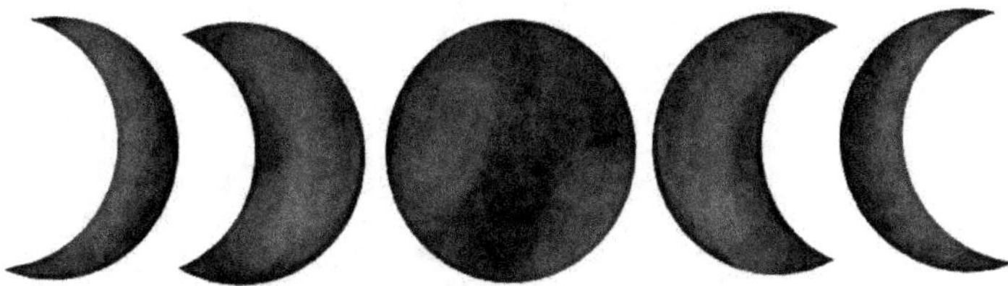

Janie Faucher

Tu n'as pas à surveiller quiconque.
Si tu commets l'erreur de faire confiance
cette personne fera alors
l'erreur
de
te perdre.

Entoure-toi de personnes
qui reconnaissent tes efforts
et qui savent voir
ta grande
beauté intérieure
malgré toutes
les épreuves
de la vie.

Arrête de te rabaisser.
Tes émotions, tes problèmes,
tes déprimes, toutes tes difficultés...
Ce n'est pas toi.
Ça fait partie de toi,
mais tu n'es pas que ça.
Non, tu es *bien plus que tout* ça.

On s'aimera encore, toujours, malgré
le temps qui fane parfois les plus belles fleurs.

Janie Faucher

C'est correct de te sentir triste,
d'aller chercher de l'aide,
de rire ou de pleurer.

C'est correct de te sentir vulnérable
ou d'avoir l'envie de ne rien faire.
C'est correct de te reposer,
de dire non ou de lâcher prise.

C'est correct de rester chez toi
parce que tu te sens déprimé
autant que si tu es malade
ou blessé physiquement.

Parce que la santé mentale
devrait être moins banalisée.
Parce que c'est une réalité
et qu'elle appartient à beaucoup
plus de personnes qu'on le croit.

L'amour de soi,
c'est notre armure
la plus précieuse

Janie Faucher

Ils ont toujours été là pour nous dire
lorsque nous avons nos torts,
mais aussi pour vivre avec nous
nos plus belles réussites, comme nos échecs,
nous rappelant qu'on peut braver des montagnes.
Amour par-dessus amour,
conseils par-dessus conseils,
ils sont toujours là pour nous,
je n'imagine pas ma vie sans eux.
Mes parents, mes idoles; une vie entière
n'est pas suffisante pour apprendre d'eux
et pour leur rendre leur amour inconditionnel.

Fais de toi ta
propre priorité.
Pense à toi,
prends du temps pour toi,
prends soin de toi.

-    si tu ne le fais pas, qui le fera à ta place ?

Tous ces
moments
difficiles
forgent la
personne
que tu es
aujourd'hui.

Merci.

Merci à vous, mes lecteurs,
sans qui tout cela
n'aurait été possible.
Merci à ma famille,
à mes proches, qui
croient en moi et
me poussent à me
surpasser jour après jour.

Je ne peux que voir
mon cœur grandir
et fleurir à travers
tous ces écrits.